La version d'Amélie

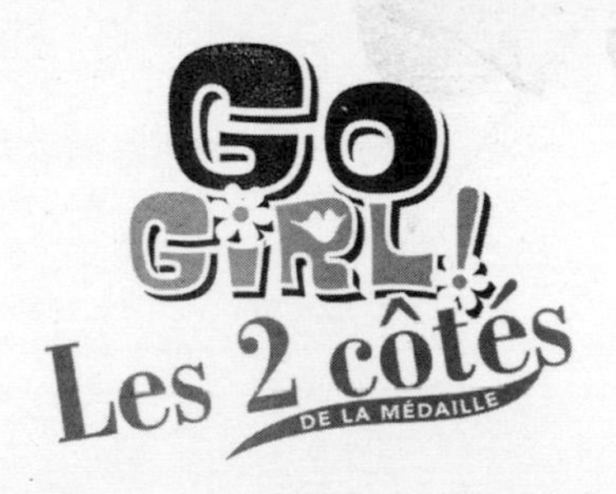

Demi-mensonges

PAR
CHRISSIE PERRY

TRADUCTION DE VALÉRIE MÉNARD
RÉVISION DE AUDREY BROSSARD

ILLUSTRATIONS DE SONIA DIXON

INFOGRAPHIE DE DANIELLE DUGAL

Chapitre un

— On fait la course jusqu'à la banderole? demande Amélie à ses frères jumeaux aînés, Édouard et Benjamin, en sortant de la voiture.

Amélie adore se lever tôt. En ce samedi matin ensoleillé et froid, elle préfère de loin assister au *Grand Tour de Vélo* que regarder des dessins animés en pyjama à la maison.

Les samedis sont plutôt ennuyants depuis que sa meilleure amie Mia a commencé à suivre des cours d'espagnol. Mia ne semble plus avoir de temps pour elle les fins de semaine.

Toute la famille est venue voir le père d'Amélie participer à la course. Il s'est entraîné très fort. Étant elle-même une adepte du vélo, Amélie est impatiente de voir les cyclistes s'élancer tous en même temps dans un énorme nuage de poussière.

Les frères d'Amélie descendent de la voiture et claquent la portière.

— Tu crois pouvoir *me* battre, lance Édouard, secouant sa petite tête blonde d'une manière agaçante.

— D'accord, Lili, ajoute Benjamin. Si tu souhaites te faire battre, tant pis pour toi. À vos marques, prêts...

— Attendez ! l'interrompt Amélie, qui attache les lacets de ses chaussures et resserre le cordon de son short.

Elle croit pouvoir atteindre la banderole avant Édouard, l'*Échalote*, et Benjamin, la *Courge*.

Je peux battre l'Échalote et la Courge!

— Partez!!! crie-t-elle en se levant d'un bond et en courant le plus rapidement possible.

C'est amusant de faire une course contre ses frères jusqu'au parc. Il s'agit d'une excellente façon de se mettre dans l'ambiance pour la compétition de son père. Édouard atteint la banderole le premier, mais c'est uniquement parce qu'il est plus grand qu'Amélie. Au moins, Amélie arrive avant Benjamin!

— Dépêche-toi, maman! crie Amélie pardessus son épaule.

Sa mère prend un temps fou.

Le ventre d'Amélie gargouille tandis que l'odeur des saucisses parvient à ses narines. Mais il n'y a pas que l'odeur qui l'enivre. Toute l'atmosphère qui règne dans le parc est excitante. On se croirait dans un cirque, avec les tentes érigées partout et les gens qui fourmillent autour. Derrière les tentes, plusieurs cyclistes déambulent vêtus de leur habit de course et de leur casque. Chacun d'eux a un numéro épinglé sur son chandail.

Lorsqu'Amélie entre dans une tente avec les jumeaux et sa mère, elle souhaiterait, elle aussi, avoir un numéro sur *son* chandail et se préparer pour la course.

Durant les dernières vacances, elle a participé à une compétition de vélo pour enfants. Ce fut une expérience magnifique, et elle a même gagné une médaille. Amélie l'a accrochée sur le miroir de sa coiffeuse, et la regarde tous les jours. Mais cette course-ci est réservée aux adultes.

Même si je ne peux pas participer aujourd'hui, pense-t-elle, *je peux toujours encourager papa*. C'est presque aussi bien.

Amélie entend une voix grave résonner dans les deux haut-parleurs accrochés sur de grands poteaux.

— Participants ! Préparez-vous. Dernier appel pour les participants.

Amélie, sa mère et ses frères se frayent un chemin parmi la foule afin d'avoir une bonne vue sur la ligne de départ. Amélie localise rapidement le casque rayé vert et mauve de son père.

Le son du pistolet de départ fend l'air. Les pédales se mettent à cliqueter au moment où les cyclistes s'élancent.

— Vas-y, papa ! crie Amélie. Vas-y, papaaa ! hurle-t-elle à nouveau en sautillant sur place.

Une femme devant Amélie couvre ses oreilles avec ses mains.

Elle devrait plutôt essayer de se mettre dans l'ambiance de la course, pense Amélie. Puis elle crie une autre fois, au cas où son père ne l'aurait pas entendue.

— Vas-y, papaaaaa !

Aussitôt que les cyclistes sont hors de vue, Amélie et les autres se frayent à nouveau un chemin à travers la foule. Ses frères sont devant tandis que sa mère suit derrière. Elle ne veut pas se séparer de ses frères, puisqu'elle n'aurait plus personne avec qui jouer. Elle n'a jamais de difficulté à repérer la grosse tête d'échalote d'Édouard.

Mais Édouard et Benjamin semblent délibérément vouloir la semer.

— Attendez-moi ! leur lance-t-elle.

Ils sont tellement énervants, pense Amélie lorsqu'elle se rend compte qu'ils ont disparu.

— As-tu perdu les garçons ? demande sa mère alors qu'elle la rejoint enfin.

— Non, *ils* m'ont perdue, se plaint Amélie. Mais je leur avais *dit* que je voulais jouer avec eux

— Ah, bonjour Hélène ! dit une personne à la mère d'Amélie.

Amélie fronce les sourcils pendant que sa mère salue de la main.

— Bonjour Nathalie, répond-elle avant d'avancer vers la femme et la fillette d'à côté. Amélie était *sur le point* de lui dire quelque chose !

— Voici Jessica, dit la femme, nommée Nathalie, en présentant une fille d'environ le même âge qu'Amélie.

— Et voici Amélie, poursuit la mère d'Amélie en la poussant plus près. Vos pères se sont entraînés ensemble pour cette course, les filles.

Tandis qu'elle les salue, Amélie observe Jessica attentivement. Elle remarque que Jessica a une belle peau brune toute douce, et qu'elle n'a même pas une seule tache de rousseur. Elle remarque également que les vêtements de Jessica sont très originaux, bien qu'elle semble davantage vêtue pour aller jouer dans la neige plutôt que pour assister à une compétition de vélo. Et ses bottes de cow-boy n'ont vraiment pas l'air confortables.

— Nous pourrions peut-être jouer ensemble ? propose Amélie. Mes frères ont accidentellement fait exprès de m'abandonner.

Amélie se sent soudainement gênée. *Et si Jessica ne désirait pas jouer avec moi ?* pense-t-elle. Elle ne veut pas que Jessica s'imagine qu'elle n'a pas d'amis, malgré qu'elle commence à se sentir de plus en plus seule.

— Ce serait super, répond Jessica en affichant un sourire qui efface les inquiétudes d'Amélie sur-le-champ. Je comprends ta situation avec tes frères ! Mon frère m'a aussi abandonnée.

Les deux filles se sourient nerveusement en silence.

— As-tu froid ? demande Jessica.

Amélie sourit et baisse les yeux sur son chandail et son short. Elle pense à quelque chose de drôle que sa famille dit toujours. Amélie se demande si Jessica rirait.

— Je n'ai jamais froid, dit-elle en sautillant sur place. Je saute toujours comme un pois sauteur mexicain.

— Jessica rit, et commence à sauter dans les airs avec Amélie.

— Bing, bing, ajoute Jessica.

Les deux filles éclatent de rire.

Chapitre deux

— Tenez les filles, dit la mère de Jessica, voici un peu d'argent pour vous acheter des chocolats chauds. Vous pouvez vous promener seules sur le site, pourvu que vous ne sortiez pas du parc et que vous restiez ensemble.

— Merci ! répond Amélie.

Elle est heureuse d'avoir de la compagnie, étant donné que les jumeaux font *tout* pour se débarrasser d'elle.

— OK, lance-t-elle à Jessica tandis qu'elles s'éloignent de leurs mères. Après avoir acheté nos chocolats chauds, je vais te montrer à quel endroit nous pouvons nous procurer des articles gratuits. Je connais tous les recoins du site depuis que j'ai participé au *Petit Tour de Vélo*, explique Amélie. C'est la compétition destinée aux enfants. J'ai gagné une médaille.

Amélie s'immobilise pendant une fraction de seconde. Elle espère ne pas avoir eu l'air de se vanter.

— As-tu fait la course au complet ? demande Jessica. Mon père dit que le trajet est très long. Je ne serais jamais capable de pédaler sur une aussi longue distance !

Le trajet pour les enfants fait en réalité la moitié de celui pour les adultes. Il n'y a qu'un tour à faire, contrairement à deux pour les adultes.

— En fait, ce fut très facile, c'est vrai. Une fois échauffée, répond Amélie, sans toutefois répondre à la question.

Je suis heureuse de parler de ma course à Jessica.

Ce n'est pas vraiment un mensonge, n'est-ce pas? se demande-t-elle.

Jessica a l'air impressionnée.

Amélie est fière d'avoir réussi à épater Jessica. Mais derrière cette fierté se cache un soupçon de doute.

Elle sait qu'elle aurait dû expliquer à Jessica que son trajet était plus court que celui pour les adultes. Mais elle chasse aussitôt cette pensée de son esprit. *Ce n'est pas un mensonge*, se convainc-t-elle. *Alors ça ne compte pas.*

Amélie et Jessica bavardent et regardent les gens autour d'elles pendant qu'elles font la file pour leurs chocolats chauds.

Une fois leurs chocolats chauds en main, les filles se tiennent par le bras afin de ne pas se séparer.

— C'est là que se trouvent les articles gratuits ! dit Amélie en pointant du doigt.

Sur une table installée à l'entrée d'une des tentes sont alignés plusieurs petits gobelets contenant le breuvage préféré d'Amélie.

— Ce sont des boissons énergisantes ! explique-t-elle à Jessica.

Amélie boit la dernière gorgée de son chocolat chaud et saisit un gobelet.

— Prends le rouge, c'est la meilleure saveur ! dit Amélie.

— Oh non, proteste Jessica. Le vert est bien meilleur.

— Le rouge ! répète Amélie en riant.

— Le vert ! renchérit Jessica.

Elle a posé ses mains sur ses hanches. Son sourire fait toutefois comprendre à Amélie qu'elle se moque d'elle.

Amélie avale sa boisson rouge et en prend un autre gobelet. Elle regarde Jessica siroter son breuvage vert à petites gorgées.

Amélie remarque que Jessica plisse légèrement le visage, comme si elle n'aimait pas ça.

— Tu n'aimes pas les boissons énergisantes ? demande-t-elle.

— Si, répond Jessica en souriant, mais j'adore ta langue rouge !

Amélie éclate de rire et tire la langue.

— Je parie qu'elle n'est pas aussi belle que ta langue verte, blague Amélie. Viens, maintenant on va manger de délicieuses gelées énergisantes !

— Qu'est-ce que c'est ? demande Jessica.

— Ça ressemble à de la confiture, l'informe Amélie.

— Miam, s'exclame Jessica.

— J'adore faire des mélanges comme ça, dit Amélie en se frottant le ventre.

Elle a encore l'arrière-goût de la gelée et de la boisson dans la bouche.

— Hmm, dit Jessica en se léchant les lèvres comme si elle tentait de faire durer ce délice jusqu'à la dernière goutte.

— Viens, dit Amélie. On fait la course jusqu'au sommet de la colline.

Amélie part à courir au milieu de la foule. Elle entend les gens discuter à propos de la course. L'excitation est palpable autour d'elle.

J'espère que papa s'en sort bien, pense-t-elle, ce qui l'incite à courir plus vite. Ce n'est qu'au sommet de la colline qu'elle se rend compte que Jessica ne la suit pas.

Viens,
Jessica!

Amélie regarde la foule de gens en bas. Elle aperçoit enfin Jessica. C'est une bonne chose qu'elle porte un manteau blanc. Elle se démarque de la masse.

— Je suis ici ! crie-t-elle. Dépêche-toi, la course est sur le point de se terminer.

— J'arrive, le pois sauteur mexicain, réplique Jessica.

Amélie rit. Elle place ses mains sur ses hanches et attend que Jessica se décide à monter la colline.

Jessica est drôle, pense-t-elle. Mia lui manque moins depuis qu'elle a rencontré Jessica.

Amélie se considère chanceuse d'être grande. Elle peut repérer le casque rayé vert et mauve de son père en moins de deux.

— Vas-y, papaaa ! crie-t-elle. Allez, le papa de Jessica !

Plusieurs cyclistes se présentent avant leurs pères, puis son père et celui de Jessica traversent la ligne d'arrivée en même temps !

— Ils sont cool, non ? dit Amélie d'une voix rauque à force d'avoir crié.

Jessica sourit.

— Bien, aussi cool que des araignées à pattes velues en lycra, blague-t-elle.

Amélie jette un coup d'œil et aperçoit leurs deux pères retirer leurs mains du guidon et former le signe de la victoire avec leurs doigts.

Amélie et Jessica lancent leurs mains en l'air en riant et font des signes de victoire.

— Les araignées semblent satisfaites de leur performance, s'esclaffe Amélie.

Puis soudain, une pensée troublante traverse l'esprit d'Amélie. *Maintenant que la course est terminée, Jessica va rentrer chez elle, et les samedis redeviendront ennuyants et solitaires.*

— Amélie Poliquin, assieds-toi pour manger ta collation, s'il te plaît, ordonne le professeur d'Amélie, madame Demers, tandis qu'elle fait sa ronde dans la cour, le lundi.

Madame Demers semble avoir son humeur du lundi. Autrement, elle ne dit jamais aux enfants de s'asseoir pour manger.

Amélie s'assoit à côté de Mia. L'inconvénient d'avoir une pomme pour la récréation, c'est que ça lui prend une éternité à la manger. Cela signifie qu'elle a moins de temps pour jouer au ballon-chasseur.

— Amé, tu es encore debout ! dit Mia en souriant.

Amélie s'assoit rapidement avant que madame Demers la réprimande à nouveau. Très franchement, sa tête semble parfois ignorer ce que fait son corps.

— Écoute ça, dit Mia. *Yo soy Mia. Mi hermana es Fannie*. Ça veut dire, *je m'appelle Mia. Ma sœur se nomme Fannie*. J'ai appris ça samedi.

Amélie prend une autre bouchée de sa pomme. Mia est tellement chanceuse. Les vacances sont dans deux semaines, et Mia ira visiter sa grande sœur en Espagne avec sa mère et son père. Fannie participe à un échange étudiant là-bas. Amélie va s'ennuyer de Mia.

— C'est super, Mia, répond Amélie.

Amélie est *sincèrement* contente pour Mia, mais son cœur fait un bond dans sa poitrine au moment où elle prononce ces paroles. Elle aimerait que Mia vienne avec elle à la maison de la plage de sa famille, comme l'année dernière. Elles se sont bien amusées à apprendre le surf ensemble. Mais elle devra rester avec ses frères cette fois-ci, et qui sait s'ils voudront jouer avec elle.

— J'ai parlé à Fannie au téléphone dimanche, poursuit Mia. Elle m'a dit que mon espagnol s'améliorait. J'avais l'impression qu'elle m'écoutait vraiment au téléphone, beaucoup plus qu'à l'époque où elle vivait avec nous. Je lui parlé du film d'Amanda Albright que j'ai vu avec maman samedi soir.

Amélie sent son cœur se serrer. Elle aimerait tant voir *Fous d'Amanda Albright.* Ça aurait été bien de le voir avec Mia, mais Amélie ne dit rien.

Je le verrai une autre fois, songe-t-elle.

— Et toi, Amélie? demande Mia. Qu'as-tu fait durant la fin de semaine?

— Eh bien, répond Amélie en étirant les jambes et en lançant son trognon de pomme dans une poubelle située tout près. J'ai assisté à la course de vélo de papa samedi. Papa s'en est très bien sorti. Et le meilleur de tout, j'ai rencontré une fille. Elle s'appelle Jessica. Tu t'entendrais *vraiment* bien avec elle, Mia! Elle est très cool et jolie. Et en plus, elle est très drôle.

— Oh, c'est formidable! J'ai très hâte de la rencontrer! affirme Mia.

— Je ne sais même pas si je la reverrai, répond Amélie. Mais j'espère que oui. Nous avons passé la matinée ensemble. Nous avons mangé ce sublime mélange de gelée et de boisson énergisantes.

— Beurk, pouffe Mia. Ça a vraiment l'air *dégoûtant*.

— En fait, c'était plutôt délicieux ! s'esclaffe Amélie. Jessica a également aimé ça.

— Jessica a l'air très cool, dit Mia.

Amélie est sur le point de lui en dire davantage lorsqu'Émile, un garçon de leur classe, les interpelle.

— Qui veut jouer au ballon-chasseur avant que la cloche ne sonne ? crie-t-il, un ballon sous le bras.

— Moi ! dit Mia.

— OK, ajoute Amélie en se levant.

C'est étrange, pense Amélie tandis qu'elles se dirigent vers le terrain de jeu. *Je ne sais pas si j'ai envie de partager Jessica avec Mia.*

Chapitre quatre

Amélie aime bien rester à la maison les mercredis après-midi. Sa mère travaille, et Édouard et Benjamin ont leur pratique de basketball. Amélie est donc seule avec son père, qui s'enferme toujours dans son bureau pour travailler.

Mais aujourd'hui, la porte de son bureau est ouverte et son père fouille dans sa boîte à outils, dans la cuisine.

— Hé, Lili, dit-il. Le père de Jessica, Martin, vient ici pour que je répare sa bicyclette. Et devine ce qu'il apporte avec lui ?

— Des biscuits aux brisures de chocolat ? essaie Amélie.

Son père secoue la tête.

— Hum, des muffins aux fraises ? poursuit-elle.

— Hé bien, j'aurais peut-être dû dire *qui* il amène avec lui, dit-il en souriant.

— Jessica ! s'écrie Amélie en sautillant sur le sol de la cuisine.

— C'est ça, pouffe son père. Alors j'en déduis que ça te fait plaisir ?

— Absolument ! répond Amélie avant de courir les attendre devant la porte d'entrée.

— Je me demandais si j'allais te revoir, dit Amélie lorsque Jessica et son père arrivent.

Elle avait tellement hâte de revoir son amie, mais maintenant qu'elle est là, Amélie se sent soudainement gênée.

Jessica est époustouflante. Elle est vêtue d'une robe à motif écossais avec une ceinture blanche. Elle a aussi des *leggings* bleu marine et les bottes de cow-boy qu'elle portait le jour de la compétition de vélo.

J'aurais dû enlever mon uniforme scolaire, pense Amélie. Elle se sent tout à coup démodée et ennuyante.

— Je me demandais la même chose ! lance Jessica.

Puis elle chuchote :

— Mais si ton père est doué pour réparer des choses, je te verrais souvent, car le mien n'est pas très habile de ses mains. Il est plutôt doué pour casser les choses.

— Bien, s'esclaffe Amélie, qui ne se fait désormais plus de souci à propos de son uniforme scolaire. J'espère qu'il brisera beaucoup de choses.

Amélie se dirige vers la cuisine.

— Hé, je m'apprêtais à faire du macaroni au fromage et à la sauce tomate, l'informe Amélie. C'est le paradis des mélanges ! Je l'ai nommé le *Mac-Fromage-Tom-Mel*.

— Ça m'a l'air délicieux, répond Jessica en souriant.

— Hmm, souffle Jessica, c'est très bon.

Elle prend une bouchée du *Mac-Fromage-Tom-Mel* d'Amélie.

— Merci pour le délicieux repas, mais je suis *totalement* rassasiée.

Amélie engloutit son repas en se demandant comment Jessica peut déjà avoir fini après seulement quelques bouchées.

— Alors, que veux-tu faire maintenant ? demande Amélie tandis qu'elle ramasse l'assiette de Jessica et la dépose dans l'évier.

Jessica regarde par la fenêtre de la cuisine, en direction du trampoline géant d'Amélie.

— Veux-tu jouer à mon jeu de trampoline préféré ? demande-t-elle à Amélie. Ça s'appelle les *Guerriers-Catcheurs*.

Amélie est étonnée pendant un moment. Jessica n'a pas vraiment l'air d'une fille sportive. Alors que Jessica explique les règlements, Amélie réalise qu'il s'agit davantage d'un jeu intellectuel que sportif. Elles doivent faire semblant d'être des lutteuses célèbres pendant toute la durée du jeu. *J'aimerais bien voir qui saute le plus haut*, pense Amélie. *En fait, je n'aime pas beaucoup les jeux de rôle, mais si Jessica aime ça, je vais entrer dans son jeu.*

Amélie fait semblant d'être une lutteuse nommée *La grande Amélie*, tandis que Jessica s'appelle *Jessica la brave*. Honnêtement, Jessica est plutôt *bonne* à la lutte sur trampoline.

Pendant qu'elles sautent, Amélie entend soudain, en provenance du téléviseur, la

chanson thème de l'émission d'Amanda Albright.

— D'accord, *La grande Amélie* dit qu'il est temps de rentrer à l'intérieur, propose-t-elle d'une voix tonitruante en faisant semblant que sa main est un microphone. Amélie est heureuse de s'être trouvé une excuse pour cesser de jouer.

— Veux-tu regarder Amanda Albright ?

— *Jessica la brave* accepte, répond Jessica. Elle est dingue de cette émission.

— C'est vrai ? demande Amélie en sautant du trampoline avant de se précipiter à l'intérieur.

Amélie et Jessica rient aux mêmes moments tout au long de l'émission. Il vient alors une idée à Amélie lorsque le générique de fin commence.

— Hé, nous devrions aller voir le film ensemble ! Je vais demander à ma mère si elle accepterait de nous y emmener cette fin de semaine. Ce serait —

— Ah... hum... l'interrompt Jessica, l'air soudainement étrange. Hum, eh bien...

Elle semble chercher quelque chose à répondre.

Elle ne veut peut-être pas voir le film avec moi ? se demande Amélie, en attendant la réponse de Jessica. *Ou j'ai peut-être fait quelque chose de mal pendant notre partie de Guerriers-Catcheurs ?*

— En fait, je l'ai déjà vu, répond enfin Jessica en baissant les yeux sur le tapis.

Amélie est déçue. Elle souhaite vraiment voir ce film. On dirait que tout le monde l'a vu, sauf elle.

— Oh. L'as-tu aimé ? demande Amélie.

— Ouais, c'est très bon, affirme Jessica.

Le père de Jessica entre tout à coup dans le salon.

— Allez mon poussin, c'est l'heure de rentrer à la maison, dit-il à Jessica.

Jessica regarde toujours le tapis.

— Alors, accepterais-tu qu'on se voit un autre jour ? demande Jessica sans lever les yeux.

C'est plutôt étrange qu'elle ne regarde pas Amélie. *Je me demande pourquoi Jessica est gênée ?* pense Amélie. *J'espère que tout va bien*.

— En fait, j'ai invité la famille d'Amélie à un barbecue samedi, dit le père de Jessica. Alors tu vas revoir Amélie.

— Cool, lance Amélie.

– On se voit samedi, dit Jessica d'une voix presque inaudible en la saluant de la main.

Le samedi matin, la mère d'Amélie prépare des crêpes pour le déjeuner.

— Amélie chérie, peux-tu téléphoner chez Jessica et demander à sa mère si elle souhaite que nous apportions quelque chose au barbecue ? demande la mère d'Amélie.

Amélie décroche le combiné. Elle a appris le numéro de Jessica par cœur en espérant avoir l'occasion de lui téléphoner bientôt !

— Salut *La grande Amélie*, lance la voix de Jessica.

Jessica semble être redevenue normale, pense Amélie. *Ce qui la tracassait mercredi a l'air d'avoir disparu.*

— Ma mère veut savoir si nous devons apporter quelque chose pour le barbecue.

Amélie entend Jessica parler à sa mère.

— Maman, la mère d'Amélie veut savoir si tu souhaites qu'ils apportent quelque chose.

— Juste leurs belles personnes, retentit la voix de la mère de Jessica.

Amélie sourit. La mère de Jessica est gentille.

— Non. Juste vos personnes, dit Jessica dans le récepteur.

— Tu veux dire *nos belles personnes*, se moque Amélie. Oh, et devine quoi ? Je suis allée voir *Fous d'Amanda Albright* hier soir avec maman. C'était génial. J'ai hâte d'en discuter avec toi !

Il y a un silence à l'autre bout du fil.

— Cool, dit doucement Jessica.

J'ai hâte de discuter du film avec Jessica.

Amélie raccroche le combiné et fredonne la chanson thème du film.

Plus tard, chez Jessica, tout le monde mange avec bon appétit.

— C'était super, dit Amélie en prenant une grosse bouchée de son hamburger, quand Amanda Albright était sur la scène et —

— Et qu'elle a trébuché ? termine Jessica en rougissant.

On dirait qu'elle est gênée.

— Oui ! s'esclaffe Amélie. Et l'extrait où —

— Amanda Albright est *nulle* ! crie soudainement le frère de Jessica, Alexis, en se servant une autre saucisse.

— Ouais, ajoute Édouard en enroulant sa main autour de ses cheveux pour former une queue de cheval. Elle fait comme ça : « ... Je suis trop superficielle et je ne sais pas chanter ! »

Amélie regarde Jessica en roulant des yeux. Benjamin et Alexis se joignent à Édouard.

— Nous sommes trop superficiels et nous ne savons pas chanter, yeah, yeah, yeah.

Les trois garçons continuent de chanter et de faire les idiots.

— Ils sont tellement énervants, dit Jessica à Amélie à travers le vacarme. Ils méritent de recevoir une bonne raclée aux *Guerriers-Catcheurs*. Qu'en penses-tu ?

— Tout à fait, répond Amélie, malgré

qu'elle ne soit pas certaine de vouloir rejouer aux *Guerriers-Catcheurs*.

– Je croyais que tu n'aimais pas jouer aux *Guerriers-Catcheurs*, déclare Édouard.

Amélie remarque que Jessica a l'air un peu peinée.

– Non, c'est vraiment amusant, réfute Amélie, même si elle est consciente qu'elle ne dit pas la vérité.

Ce sera peut-être plus amusant cette fois-ci.

– Dans ce cas, allons-y, dit Jessica en se levant. Viens avec moi pendant que je me change.

La chambre de Jessica est beaucoup plus petite que celle d'Amélie, mais elle est tout de même cool. Il y a une penderie rouge et un tapis à franges en forme de cœur sur le sol. Des petites chandelles électriques ornent le châssis de la fenêtre.

— Nous pourrions nous appeler *Le Duo terrifiant* pour la partie de *Guerriers-Catcheurs*, propose Jessica.

— C'est une super bonne idée, affirme Amélie.

Amélie sourit à ce qu'elle vient de dire. Elle n'utilise jamais le mot « super ». Elle parle comme Jessica ! Elle a l'impression que sa nouvelle amie déteint sur elle. C'est un mot amusant à dire.

Amélie attend tandis que Jessica enlève son maillot rose en denim et enfile un short gris par-dessus ses *leggings* roses.

Elle a même le don d'avoir l'air branchée pour une partie de Guerriers-Catcheurs, pense

Amélie en regardant ses pantalons de sport bleu marine. *Et elle ne fait même pas d'efforts. Mon amie est super cool.*

Amélie et Jessica s'en sortent bien contre les garçons. Elles se chuchotent leur plan et travaillent en équipe, tandis que les garçons ne cessent de se chamailler — alors qu'ils sont dans la même équipe !

— C'était vraiment amusant, dit Jessica, plus tard, quand tout le monde est attroupé devant la porte d'entrée.

— C'était drôle quand tu as attrapé Alexis par derrière les genoux, et qu'il s'est *replié* sur lui-même, ajoute Amélie en souriant.

Les parents d'Amélie éternisent les salutations aux parents de Jessica, mais cela ne dérange pas Amélie.

— Ça fait plaisir de voir que vous vous entendez si bien, dit la mère de Jessica aux deux fillettes.

Amélie hoche la tête. Les deux familles semblent bien s'entendre aussi. Amélie a beaucoup apprécié la journée qu'elle vient de passer.

La mère de Jessica frappe dans ses mains, comme si elle venait d'avoir une idée de génie.

— Jessica, comme tu n'as pas pu voir ce film avec tes camarades de classe, que dirais-tu que je vous y emmène, ton amie et toi ? Comment s'intitule-t-il déjà ? Amanda Albright ?

Amélie a l'impression d'avoir reçu une balle de baseball en pleine poitrine. Elle cherche son souffle pendant un moment. Les larmes lui montent aux yeux pendant qu'elle regarde Jessica. Son amie reste immobile et mordille sa lèvre en évitant de regarder Amélie.

Jessica a menti. Elle n'a pas vu le film !

Elle n'a pas besoin de dire quoi que ce soit, pense Amélie en refoulant ses larmes. *Je sais pourquoi elle m'a menti !*

Amélie appuie sa tête contre la vitre de la voiture pendant tout le trajet du retour. Édouard et Benjamin s'obstinent à déterminer lequel a été le meilleur lutteur tandis que ses parents bavardent à propos de ce qu'ils ont mangé au barbecue. Amélie ne porte pas attention à eux. Elle est trop occupée à réfléchir.

Il est évident que Jessica a menti lorsqu'elle a dit qu'elle avait vu le film. *Elle avait prévu de le voir avec ses camarades de classe*, constate Amélie, *mais elle ne m'en a rien dit, car elle ne voulait pas que je les accompagne.*

Tandis qu'elle se prépare à aller au lit, Amélie comprend enfin pourquoi Jessica ne voulait pas qu'elle se joigne au groupe de Jessica.

Jessica aurait honte de moi devant ses camarades de classe, pense Amélie. *Elles portent sûrement toutes des vêtements branchés et possèdent des chambres aussi cool que celle de Jessica.*

Lorsque la mère d'Amélie entre pour lui souhaiter bonne nuit, elle regarde sa fille attentivement.

— Tu n'as pas été très bavarde depuis que nous sommes partis du barbecue, Lili. Es-tu fatiguée ?

Amélie fronce les sourcils. Elle *est* fatiguée, dans un sens. Elle est fatiguée d'être démodée.

Il lui vient soudain une idée. Elle se redresse dans son lit. *Ça ne doit pas être si difficile que ça d'être cool comme Jessica. Elle pourrait peut-être trouver une façon de rendre Jessica fière d'être son amie !*

— Je me demandais, dit-elle à sa mère, si nous pourrions aller m'acheter une nouvelle jupe ou une nouvelle robe demain ?

— Bien sûr, répond sa mère en l'embrassant.

Elle a l'air un peu étonnée. C'est probablement la première fois de sa *vie* qu'Amélie demande à sa mère de lui acheter autre chose que des vêtements de sport.

— Veux-tu entrer dans cette boutique ? demande sa mère le jour suivant.

Amélie incline la tête sur le côté. Les mannequins dans la vitrine sont tous vêtus de vêtements à la mode.

C'est le type de boutique que Jessica fréquente, pense-t-elle en hochant la tête.

L'éclairage dans la cabine d'essayage déforme un peu Amélie. Tous les vêtements qu'elle a essayés sont à terre ou sur des crochets muraux. Amélie en a déjà assez d'essayer des vêtements. Mais elle continue.

Je sais que Jessica m'aime bien, pense-t-elle pour la dixième fois ce matin-là. *Nous nous amusons toujours bien ensemble. La seule raison pour laquelle elle ne veut pas que je rencontre ses amis, c'est parce que mes vêtements ne sont pas à la mode.*

— Que penses-tu de cette jupe? demande sa mère, en déposant une jupe blanche sur le rebord de la porte de la cabine d'essayage.

Amélie l'examine. Elle se demande si Jessica la trouverait cool. Elle enfile la jupe et se regarde dans le miroir. *La jupe est cor-*

recte, admet Amélie. *Mais va-t-elle réellement la porter?*

– Et celle-ci? demande à nouveau sa mère alors qu'un autre vêtement apparaît sur le rebord de la porte.

Amélie sourit en apercevant la même robe rouge écossaise que portait Jessica l'autre jour.

Je sais sans l'ombre d'un doute qu'elle trouve cette robe cool ! pense Amélie.

Amélie enfile la robe. Puis elle sort de la cabine d'essayage pour la montrer à sa mère.

— Wow, c'est très mignon ! s'exclame sa mère. Elle te va à merveille, Lili. Je ne t'ai jamais vue vêtue de cette façon. Nous devrions la prendre.

— OK, répond Amélie, heureuse d'avoir trouvé le vêtement idéal. Merci. Et, est-ce que je pourrais également avoir la ceinture blanche là-bas ?

Sa mère regarde la ceinture et lit l'étiquette de prix.

— Pourquoi ne l'achèterais-tu pas avec ton argent de poche ? lui propose sa mère.

— OK, accepte Amélie en passant la ceinture autour de la robe.

J'ai hâte de faire la surprise à Jessica, pense joyeusement Amélie.

Chapitre sept

Le lendemain, après l'école, Amélie rentre chez elle en courant. Elle sait que Jessica et son père viendront chez eux récupérer le vélo du papa de Jessica. Amélie veut être prête.

Son ventre gargouille et lui revendique une collation, mais Amélie l'ignore. Elle se dirige plutôt dans sa chambre et change de vêtements.

Elle enlève rapidement son uniforme. Puis elle enfile sa nouvelle robe.

Oups, ricane-t-elle. La robe reste prise autour de ses épaules. Elle est si pressée qu'elle a oublié de descendre la fermeture éclair. Elle se tortille et réussit finalement à l'ouvrir. Elle attache ensuite la ceinture blanche autour de sa taille.

Amélie s'assoit sur son lit pour mettre ses chaussettes. Elle a tellement hâte de savoir ce que Jessica va penser de son nouvel ensemble. Elle fronce soudain les sourcils en se rappelant que Jessica lui a menti.

Jessica n'aurait pas dû me mentir, pense-t-elle tandis qu'elle lace ses souliers de course. *On ne devrait jamais mentir à ses amies.*

Soudain, Amélie aperçoit la médaille qu'elle a gagnée au *Petit Tour de Vélo* suspendue au miroir de sa coiffeuse. Un léger

sentiment de culpabilité traverse son corps — elle n'a pas dit la vérité à Jessica à propos de la difficulté du trajet de la course de vélo. Puis Amélie se souvient qu'elle a également fait semblant d'aimer les *Guerriers-Catcheurs*. *Est-ce que c'est un mensonge*? se demande-t-elle.

Amélie sait ce qu'est un mensonge blanc. Il s'agit d'un petit mensonge que les gens disent parfois afin d'éviter de faire de la peine à une autre personne, comme faire semblant d'aimer une chose, alors que ce n'est pas le cas.

J'ai peut-être dit quelques mensonges blancs à Jessica, pense Amélie, *mais le sien ressemble davantage à un vrai mensonge.*

Amélie plisse le front comme elle a l'habitude de le faire lorsqu'elle réfléchit.

De toute façon, je peux tout arranger, pense-t-elle. *Lorsque Jessica va me voir, elle va se rendre compte que je peux aussi être cool. Puis nous nous excuserons pour nos mensonges et nous nous pardonnerons l'une et l'autre.*

Amélie se lève. Elle se regarde dans le miroir.

Elle aperçoit un autre reflet dans le miroir, et sursaute. C'est Jessica, qui se tient dans l'embrasure de la porte de sa chambre.

Amélie se retourne promptement.

— Salut Jessica, lance Amélie.

Jessica demeure muette pendant un moment. Elle a les yeux rivés sur les vêtements d'Amélie. Cette dernière sent un sourire lui monter aux lèvres. Jessica est manifestement étonnée de voir Amélie vêtue de cette façon.

Puis Jessica ouvre la bouche.

— Est-ce que c'est ma robe ? demande-t-elle.

Elle semble fâchée.

— Et, est-ce que tu portes la même ceinture blanche que moi ? La ceinture ne faisait même pas partie de la robe.

Amélie est bouche bée.

— Est-ce que tu m'as *copiée*, Amélie ? l'interroge Jessica, les mains sur les hanches.

Les yeux de Jessica sont écarquillés et remplis de colère.

Amélie a l'impression que son visage est en feu. *Ce n'est pas comme ça que c'était supposé se passer*, pense-t-elle.

Amélie n'avait nullement l'intention de copier son amie lorsqu'elle s'est procuré la même robe et la même ceinture qu'elle. *Je ne veux surtout pas que Jessica croie que je suis une copieuse*, songe-t-elle. *Je ne peux pas la laisser penser ça ! C'est pire qu'être démodée.*

— Ah... non, dit doucement Amélie. Je possède ces vêtements depuis longtemps.

Aussitôt qu'elle a prononcé ces mots, Amélie se sent excessivement nerveuse. *Je n'avais pas l'intention de mentir*, pense-t-elle.

Elle ne sait tout simplement pas comment lui dire la vérité.

Le cœur d'Amélie se retourne dans sa poitrine lorsque Jessica se met à balayer sa chambre du regard. Elle l'observe tandis que les yeux de Jessica se posent sur le sac de la boutique, sur le sol. Le nom de la boutique y est imprimé en grosses lettres argentées.

Elle lance un regard à Jessica, chose qu'elle regrette instantanément.

Jessica a les bras croisés, et l'expression sur son visage confirme qu'elle sait qu'Amélie lui a menti.

Oh là là ! pense Amélie. *Qu'est-ce que j'ai fait ?*

Chapitre huit

Plus tard dans la semaine, Amélie se rend chez Mia après l'école. Elles boivent des chocolats chauds.

— Hé, veux-tu jouer au lapin joufflu ? demande Mia en souriant tout en faisant glisser sur le comptoir de la cuisine un sac de guimauves vers Amélie.

Amélie hausse les épaules. Elle adore jouer au lapin joufflu. Le but du jeu consiste à placer des guimauves dans sa bouche, une à la fois. Après chaque guimauve, le joueur doit dire « lapin joufflu » correctement. La dernière personne qui réussit à placer les guimauves en disant les mots de manière audible remporte la partie.

C’est très drôle de voir la petite bouche de Mia remplie de guimauves. Mais Amélie n’est pas d’humeur.

— Qu'est-ce qui ne va pas, Lili ? demande Mia. Tu n'as jamais raté une occasion de jouer au lapin joufflu.

Amélie soupire. Elle n'a pas encore raconté ses ennuis avec Jessica à sa meilleure amie. Elle ressent soudainement le besoin d'en parler.

— Jessica m'avait dit qu'elle avait vu le film d'Amanda Albright avec ses amies, explique-t-elle. Mais j'ai découvert qu'elle avait menti. Elle n'avait pas vu le film !

Mia incline la tête sur le côté pour lui montrer qu'elle l'écoute.

— Je sais pourquoi elle a menti, Mia, poursuit Amélie. Elle ne voulait pas me présenter à ses camarades de classe parce qu'elle croit que je ne suis pas assez cool. Ensuite, j'ai essayé d'être cool en m'habillant comme elle, mais elle m'a traitée de copieuse. Alors j'ai menti et je lui ai dit que je possédais ces vêtements depuis longtemps. Mais, elle n'a rien répondu. Elle se tenait là pendant que je –

– Lili, ralentis ! dit calmement Mia en attrapant le bras d'Amélie. Tu vas trop vite.

– Désolée, répond Amélie en prenant une grande respiration.

– OK, lance Mia. Reprenons depuis le début. Jessica et toi vous entendiez bien, non ?

– C'est vrai, admet Amélie.

– Puis Jessica t'a menti en te disant qu'elle avait vu le film avec ses camarades de classe, c'est ça ?

– C'est ça, confirme Amélie sur un ton impatient.

— Et ensuite, tu es allée t'acheter la même robe qu'elle, mais tu as menti en lui faisant croire que tu la possédais depuis longtemps, conclut Mia.

Amélie pousse un soupir.

— Mais c'était différent, dit-elle. C'était juste un mensonge blanc. J'ai dû dire à Jessica que j'avais cette robe depuis longtemps, puisqu'elle m'accusait d'être une copieuse, et ce n'est pas parce que —

— Je sais, dit doucement Mia. Mais le fait est que Jessica avait peut-être une autre raison de te mentir. Elle aussi pensait probablement que son mensonge était bénin et sans gravité. Mais les petits mensonges se sont transformés en de gros mensonges...

Amélie fronce les sourcils.

— J'imagine, Mia, avoue-t-elle.

Or, elle reste convaincue que le mensonge de Jessica est beaucoup plus méchant que le sien. Elle doute qu'il s'agisse d'un mensonge blanc.

C'est comme un énorme nœud de mensonges que je n'arrive pas à défaire, pense-t-elle en prenant une gorgée de chocolat chaud.

— Que devrais-je faire ? demande-t-elle à son amie.

Mia se gratte la tête.

— On dirait bien que tout est embrouillé. Tu dois en discuter avec Jessica.

Amélie dépose son menton dans ses mains. *Mia est douée pour ces choses-là*, pense-t-elle.

— *Esta bien*, dit Mia. Ça veut dire : *Tout ira bien*. En tout cas, quelque chose comme ça, ajoute-t-elle en souriant.

Amélie soupire.

— Tout semble aller de travers en ce moment, se plaint-elle.

En entendant Mia parler espagnol, Amélie se souvient que son amie sera très loin pendant qu'elle sera en vacances à la maison de la plage.

— Et je n'ai même plus hâte d'être en vacances. Tu ne seras pas là et je vais m'ennuyer, et —

— Tu passeras de belles vacances, la rassure Mia. Tu te trouveras certainement une personne avec qui jouer.

Les deux amies se regardent mutuellement en souriant.

— Alors, on joue au *lapin joufflu* ? propose à nouveau Mia.

On dirait qu'elle pense que tous les problèmes d'Amélie sont réglés.

Amélie se sent *un peu* mieux.

Cependant, au moment où elle enfonce la quatrième guimauve dans sa bouche, Amélie se pose encore des questions à propos de son amitié avec Jessica.

Est-ce que Jessica et moi pouvons réellement être amies ? Parviendrons-nous à nous refaire confiance ?

Le samedi matin s'annonce nuageux, mais le soleil essaie très fort de percer les nuages. Amélie espère qu'il ne pleuvra pas. Sa famille a prévu de faire une randonnée à vélo avec celle de Jessica.

Amélie est sortie dans la cour en avant avec son père et les jumeaux. Sa mère est à l'intérieur et prépare un gâteau au chocolat qu'ils pourront manger après la randonnée. Amélie est impatiente d'y goûter.

Amélie enfile son casque et l'attache sous son menton.

Je suis contente de faire une randonnée à vélo avec Jessica, pense Amélie. Mais elle est tout de même nerveuse à l'idée de la revoir.

Bientôt, la famille de Jessica arrive avec une remorque remplie de vélos. Amélie regarde Jessica tandis qu'elle descend de la voiture.

Alexis, Benjamin et Édouard font les fous et s'échangent leurs vélos.

— Salut Jessica, dit Amélie pendant que Jessica attache son casque et enfourche sa bicyclette.

— Salut, répond Jessica sans regarder Amélie, mais en s'avançant tout de même vers elle.

Ça va, se convainc Amélie au moment où les autres s'élancent sur la piste cyclable. *Au moins, elle m'a dit salut.* Bien qu'Amélie soit en équilibre sur son vélo, son cœur, lui, se sent tout étourdi.

Les trois garçons roulent ensemble devant Amélie et Jessica, et leurs pères sont derrière.

Mais un simple salut n'est pas vraiment suffisant pour conclure que nous sommes amies, dit la petite voix intérieure d'Amélie.

— Hé ! crie Édouard par-dessus son épaule pendant qu'il roule. Voulez-vous que nous ralentissions afin que vous puissiez nous suivre ? Que diriez-vous que nous roulions sans toucher au guidon pour vous laisser une chance ?

Amélie roule des yeux au moment où son frimeur de frère retire ses mains du guidon.

J'ai hâte
de partir.

Soudain, le vélo d'Édouard se met à osciller sérieusement et son frère passe à un cheveu de tomber.

Amélie rit et tourne la tête sur le côté pour voir la réaction de Jessica. Celle-ci regarde Amélie au même moment. Jessica laisse échapper un léger gloussement, puis elle serre les lèvres fermement pour le refouler.

— Hé, lance Amélie à Jessica, veux-tu essayer de les rattraper ? Si nous pédalons au même rythme qu'eux, nous les rejoindrons. Et nous pourrons nous faufiler et —

— Je ne veux pas faire ça, répond Jessica. Je n'ai pas besoin de copier les autres. Je fais à ma façon.

Les mots de Jessica frappent Amélie de plein fouet.

Amélie ne dit rien et accélère. Elle rejoint les garçons et ensuite les dépasse. C'est comme si son sentiment de tristesse lui donnait de l'énergie.

Parfait, pense-t-elle au moment où les larmes commencent à couler sur ses joues. *Si Jessica ne veut pas me pardonner pour ce qui s'est passé, eh bien, je ne la pardonnerais pas non plus !*

La pluie vient tout à coup interrompre ses pensées.

Après la randonnée à vélo, Amélie et Jessica s'installent dans le salon et écoutent leurs mères discuter. Les deux fillettes ne se regardent pas.

Amélie espère que leurs mères termineront leur discussion bientôt. Elle ne sait pas quoi dire à Jessica.

— Les filles, sortez du salon s'il vous plaît, ordonne la mère d'Amélie. Allez jouer dans la chambre. Nathalie et moi devons nous parler. En privé.

— Mais c'est plate, dit Amélie. Les garçons jouent à la *Playstation* et il pleut et —

— Bien, pourquoi ne joueriez-vous pas à un jeu de société ? propose sa mère.

Amélie roule des yeux. Sa mère lui suggère toujours de jouer à un jeu de société quand Amélie se plaint de ne rien avoir à faire.

— Allez vous mettre des vêtements secs, poursuit sa mère. Peux-tu prêter quelque chose à Jessica ?

Amélie aurait souhaité que sa mère ne dise surtout cela. *Jessica n'acceptera jamais de porter mes vêtements*, pense-t-elle.

Amélie sort du salon d'un pas lourd, mais elle demeure sur le pas de la porte pendant un moment. Elle veut savoir ce que sa mère et celle de Jessica ont à se dire.

Jessica se tient à côté d'Amélie, les bras croisés.

— Oh, s'esclaffe la mère de Jessica, nous pourrions peut-être même aller jouer une partie de golf ensemble.

— Et souviens-toi que j'ai un bon livre à te prêter. Je l'ai presque terminé... Alors, je vais téléphoner pour voir si ça fonctionne. Ce serait mieux de ne rien dire aux enfants —

Soudain, la mère d'Amélie passe la tête par la porte et aperçoit les deux filles.

— Hé, vous deux ! Que faites-vous là ? Cessez d'écouter aux portes.

— De quoi parliez-vous ? demande Amélie.

— C'est un secret. Une surprise. Nous vous en parlerons dans une minute. Ouste ! Allez d'abord vous sécher, dit sa mère.

Amélie longe le couloir jusqu'à sa chambre en se mordillant la lèvre. Jessica la suit.

Lorsqu'elle passe devant le bureau, elle aperçoit les garçons qui rient à propos de quelque chose pendant qu'ils insèrent un jeu de course dans la *Playstation*.

Par la fenêtre du couloir, elle voit son père et celui de Jessica rire et discuter dans la cour en avant, mais elle ne parvient pas à entendre ce qu'ils disent.

Les autres semblent entretenir des amitiés spéciales, pense-t-elle. Sauf Jessica et moi.

Cela rend Amélie encore plus de mauvaise humeur.

Tout le monde
est ami, sauf
Jessica et moi.

Jessica se tient à côté d'Amélie dans sa chambre tandis qu'Amélie ouvre son placard et pointe quelques jeux de société.

— Je n'ai pas envie de jouer à un jeu de société, dit Jessica.

— Moi non plus, admet Amélie. Veux-tu que je te prête des vêtements ?

— Non. Je suis presque sèche, répond Jessica.

Elle s'assoit sur le petit fauteuil jaune d'Amélie et saisit le sac de la boutique sur le sol.

— Nous devons discuter à propos de cela, disent Amélie et Jessica en chœur.

PAR
CHRISSIE PERRY

TRADUCTION DE VALÉRIE MÉNARD
RÉVISION DE AUDREY BROSSARD

ILLUSTRATIONS DE SONIA DIXON

INFOGRAPHIE DE DANIELLE DUGAL

Chapitre un

Jessica descend de la voiture et marche en retrait derrière son grand frère Alexis et sa mère. Elle s'arrête un instant et place ses bottes de cow-boy par-dessus son jeans pour se garder au chaud.

— Allez, la tortue ! dit Alexis. Ce n'est pas un défilé de mode !

Jessica fait la grimace. Alexis est tellement... désagréable... quand il veut.

Jessica tente de rattraper sa mère afin de pouvoir marcher à ses côtés. Tandis qu'elle

accélère le pas, elle se met à haleter à cause du froid. Des petites bouffées de vapeur sortent de sa bouche.

On gèle ! pense-t-elle. Il est beaucoup trop tôt pour être debout, particulièrement un samedi matin. Les samedis matins ne devraient pas être passés dans un parc. Ils ont été conçus pour faire la grâce matinée et regarder des dessins animés en pyjama.

Toute la famille s'est levée tôt afin d'assister à la course de vélo du père de Jessica. Il s'y entraîne depuis longtemps. Jessica sait qu'il s'agit d'une course de vélo importante. Mais elle ignore toutefois pourquoi elle a lieu aussi tôt !

Je préférerais
être à la maison,
dans mon lit.

— Nous y sommes, dit enfin sa mère.

Jessica regarde autour d'elle. Le parc se trouve devant eux. Une grande banderole sur laquelle est inscrit *Le Grand Tour de Vélo* est suspendue au-dessus de la barrière. Plusieurs tentes sont érigées sur le site, et il y a un grand espace fermé qui contient plus d'un million de vélos.

Le site fourmille de gens. Plusieurs personnes se promènent avec leur vélo. Un numéro de course est épinglé sur le chandail de chacune d'entre elles. Il y a des grands et des petits enfants, ainsi que des adultes.

Jessica déteste les foules. Elle n'aime pas le fait qu'on doive constamment chercher chercher les autres et qu'on se perd facilement.

Elle repère la tente du barbecue. Si tôt le matin, l'odeur des saucisses grillées donne la nausée à Jessica.

— Oups, désolé, dit un garçon qui a marché sur l'une de ses bottes de cow-boy. Jessica lève la tête, mais le garçon disparaît au milieu de la foule.

Il y a trop de gens, pense Jessica en enlevant la terre sur sa botte de cow-boy.

— Je me demande comment se sent ton père en ce moment ? lance la mère de Jessica. L'ambiance est géniale.

Jessica hoche la tête. *L'ambiance serait encore mieux à la maison à manger des céréales et à regarder la télévision*, songe-t-elle. Mais elle s'abstient de le dire. Son père s'est entraîné si fort en prévision de cette course. C'est la

moindre des choses qu'elle vienne l'encourager, même si elle sait qu'elle s'ennuiera à mourir.

— Participants ! Préparez-vous. Dernier appel pour les participants, retentit une voix grave à travers la foule dans les haut-parleurs.

— Le voilà, Jessica ! C'est papa, dit Alexis en pointant en direction d'une mer de vélos et de cyclistes à la ligne de départ.

Jessica se lève sur la pointe des pieds. Elle entrevoit finalement le casque rouge avec une flamme jaune. Puisque son casque est peu commun, Jessica est presque certaine qu'il s'agit de son père, bien qu'elle ne parvienne pas à le voir au complet.

Jessica manque de sursauter lorsque la déflagration du pistolet de départ se fait entendre.

Les cyclistes disparaissent. Et Alexis aussi. Il a repéré un de ses amis et il est parti en trombe. Les jambes de Jessica sont fatiguées d'avoir tant marché avec sa mère.

— Alors, combien de temps crois-tu que ça prendra à papa ? demande Jessica à sa mère en tripotant ses doigts glacés.

Le départ de la course a peut-être été excitant, mais l'attente jusqu'à la fin est loin de l'être !

— Deux minutes de moins que la dernière fois que tu me l'as demandé, répond sa mère.

Elle ne lui porte même pas attention. Elle tourne le dos à Jessica, puis se met à agiter la main dans les airs.

— Ha, bonjour Hélène ! s'exclame-t-elle.

Jessica se retourne. Une femme et une fillette d'environ le même âge que Jessica s'avancent vers elles.

— Bonjour Nathalie, réplique la femme.

Jessica remarque immédiatement que la fillette a l'air de mauvaise humeur. Elle porte uniquement un short et un chandail à manches courtes. Jessica plonge ses mains froides dans les manches de sa veste, comme si cela allait réchauffer la fillette.

— Voici Jessica, dit sa mère.

— Et voici Amélie, répond la mère d'Amélie. Vos pères se sont entraînés ensemble pour cette course, les filles.

En les saluant, Jessica examine Amélie.

Cette dernière possède de grands yeux bruns et des taches de rousseur sur les joues. Lorsqu'Amélie cesse de faire la moue, elle a l'air plutôt gentille.

— Nous pourrions peut-être jouer ensemble ? propose joyeusement Amélie. Mes frères ont accidentellement fait exprès de m'abandonner.

— Ce serait super, répond Jessica. Je comprends ta situation avec tes frères ! Mon frère m'a aussi abandonnée.

Jessica garde le silence et sourit nerveusement. Amélie a également l'air un peu nerveuse.

— As-tu froid ? demande Jessica.

Amélie sourit. Son sourire la fait paraître encore plus gentille.

Amélie a l'air très gentille.

— Je n'ai jamais froid, dit-elle.

Puis elle commence à sautiller sur place.

— Je saute toujours comme un pois sauteur mexicain.

Jessica rit et se met à sauter dans les airs, comme Amélie.

— Bing, Bing, dit-elle.

Les deux filles éclatent de rire.

Chapitre deux

— Vous pouvez vous promener seules sur le site, pourvu que vous ne sortiez pas du parc et que vous restiez ensemble, dit la mère de Jessica en lui donnant de l'argent pour des chocolats chauds.

Jessica enfouit l'argent au fond de la poche de sa veste rembourrée.

Alors que les filles s'éloignent de leurs mères, Amélie dit :

— OK, après avoir acheté nos chocolats chauds, je vais te montrer à quel endroit

nous pouvons nous procurer des articles gratuits.

Jessica jette un coup d'œil derrière elle. Leurs mères semblent très bien s'entendre. Mais Jessica se sent un peu nerveuse d'être seule en compagnie d'Amélie.

Je ne la connais pas bien, pense-t-elle tandis qu'elles marchent en direction du stand où sont vendus les chocolats chauds.

— Je connais tous les recoins du site depuis que j'ai participé au *Petit Tour de Vélo*, dit Amélie. C'est la compétition destinée aux enfants. J'ai gagné une médaille, poursuit-elle.

En fait, elle parle tellement que Jessica ne se sent plus nerveuse avec elle.

— As-tu fait la course au complet? demande Jessica. Mon père dit que le trajet

est très long. Je ne serais jamais capable de pédaler sur une aussi longue distance !

— En fait, ce fut très facile, c'est vrai. Une fois échauffée, répond Amélie.

As-tu vraiment fait la course au complet?

Waouh, pense Jessica, *c'est très impressionnant. Amélie est géniale. J'aimerais tant être sportive comme elle !*

Elles arrivent enfin au début de la file et commandent leurs chocolats chauds. Au moment où Jessica prend une première gorgée, Amélie la tire par le bras. Le chocolat chaud claque dans le verre. Mais puisqu'il y a un couvercle, elle ne le renverse pas !

— C'est là que se trouvent les articles gratuits ! dit Amélie, en entraînant Jessica vers une grande tente.

Sur une table installée à l'entrée de la tente sont disposés plusieurs petits gobelets contenant des breuvages. Amélie se précipite, tirant Jessica avec elle.

— Ce sont des boissons énergisantes, explique Amélie.

Elle dépose son chocolat chaud et agrippe un gobelet contenant un liquide rouge. Puis elle l'avale très rapidement.

Jessica sourit. *Je ne suis pas certaine qu'Amélie ait besoin de boissons énergisantes,* pense-t-elle. *Elle semble déjà avoir plein d'énergie !*

— Prends le rouge, dit Amélie, c'est la meilleure saveur !

— Oh non ! proteste Jessica. Le vert est bien meilleur.

— Le rouge ! dit Amélie. Mais comme elle le dit en riant, ça semble être une blague plutôt qu'un ordre.

— Le vert ! répond Jessica en souriant.

Elle saisit un gobelet et prend une gorgée, alors qu'Amélie entame déjà son deuxième.

— Tu n'aimes pas les boissons énergisantes ? demande Amélie.

— Si, répond Jessica même si elle n'apprécie absolument pas le goût. Elle essaie de ne pas le laisser paraître.

Jessica remarque que la langue d'Amélie est rouge écarlate.

— Mais j'adore ta langue rouge ! dit-elle à Amélie.

— Je parie qu'elle n'est pas aussi belle que ta langue verte, blague Amélie. Viens, maintenant on va manger de délicieuses gelées énergisantes !

— Qu'est-ce que c'est ? la questionne Jessica.

— Ça ressemble à de la confiture, répond Amélie, déjà en route vers les sachets de gelée.

— Miam, s'exclame Jessica, espérant que ça aura meilleur goût que les boissons énergisantes.

Amélie a un petit quelque chose qui amène Jessica à penser que leur amitié naissante se développera plus rapidement qu'une amitié normale.

À l'école, Jessica fait partie d'un groupe avec trois autres filles. Mélina, Heidi et Mathilde sont ses meilleures amies. Elles ont nommé leur groupe les *Sœurs Secrètes*. *Mais ce serait tellement agréable d'avoir une amie pour moi toute seule*, pense Jessica.

— J'adore faire des mélanges comme ça, dit Amélie en se tapant sur le ventre.

— Humm, lance Jessica en se léchant les lèvres et en prétendant aimer le breuvage. *Le mélange de la gelée et de la boisson énergisantes est tout à fait dégoûtant ! Mais je ne veux pas contredire une personne avec qui je viens de faire connaissance*, songe-t-elle.

— Viens, lance Amélie. On fait la course jusqu'au sommet de la colline.

Amélie s'élance avant même que Jessica ait le temps de savoir ce qui se passe. Jessica essaie de suivre Amélie du mieux qu'elle peut. Elle dit souvent « pardon » tandis qu'elle tente de se frayer un chemin à travers la foule afin de garder Amélie dans sa mire. Elle ne veut pas la perdre.

Jessica s'arrête un moment pour reprendre son souffle. Il ne fait plus aussi froid. Elle lève les yeux au ciel. Le temps devient plus clair et ensoleillé. Lorsqu'elle abaisse la tête, elle n'aperçoit plus Amélie nulle part !

Jessica regarde à sa gauche, à sa droite puis au sommet de la colline. Elle commence à se faire du souci. *Et si je ne la retrouvais pas ?* se demande-t-elle. *Je ne sais même pas où se trouve ma mère ?*

Soudain, Jessica entend un cri.

— Je suis ici! l'interpelle Amélie. Dépêche-toi, la course est sur le point de se terminer.

Jessica a du mal à s'imaginer comment Amélie a pu parcourir une aussi longue

distance en un si court laps de temps. Elle est au sommet de la colline.

Pas étonnant qu'Amélie porte un short et un chandail à manches courtes aujourd'hui, pense Jessica en agitant la main dans la direction d'Amélie. *Elle déplace de l'air !*

— J'arrive, le pois sauteur mexicain, répond Jessica.

Le rire d'Amélie résonne jusqu'au pied de la colline. *Même son rire déplace de l'air*, pense Jessica.

✿

Jessica place ses mains sur ses oreilles et tend le cou pour voir la ligne d'arrivée. Amélie acclame leurs pères. Ses acclamations sont encore plus retentissantes que son rire !

Jessica aperçoit le casque jaune avec une flamme de son père se diriger vers la ligne d'arrivée.

— Vas-y, papa ! crie Jessica au moment où leurs pères franchissent la ligne d'arrivée en même temps.

— Ils sont cool, non ? dit Amélie d'une voix rauque à force d'avoir crié.

Jessica sourit.

— Eh bien, aussi cool que des araignées à pattes velues en lycra, blague-t-elle.

Soudain, leurs deux pères lâchent leur guidon des mains et forment le signe de victoire avec leurs doigts. Amélie se penche vers Jessica et éclate de rire. Les filles lancent leurs mains en l'air en riant et font des signes de victoire, en espérant que leurs pères puissent les voir.

— Les araignées semblent satisfaites de leur performance, pouffe Amélie.

Ce samedi matin est loin d'avoir été ennuyant, pense Jessica en riant. *J'espère avoir l'occasion de revoir Amélie.*

Jessica lisse sa jupe d'école. Elle baisse les yeux sur ses chaussettes blanches spéciales, chacune ornée d'une étoile blanche rembourrée. Son uniforme scolaire est terne, mais ses chaussettes le rendent plus intéressant. Personne n'a encore copié ses chaussettes. Elle est donc un tantinet différente des autres. Elle les replie de manière à ce que l'étoile arrive exactement au milieu de sa cheville. Puis elle s'assoit sur le banc pour manger son yogourt.

La matinée s'est plutôt bien déroulée pour un lundi. Le professeur de musique de Jessica, madame Annie, a enseigné une nouvelle chanson à la classe et quelques gestes qui vont avec. Mais même si Jessica a beaucoup *chanté* avec ses amies ce matin, elle leur a à peine parlé.

– Eh bien, les *Sœurs Secrètes*... chuchote Heidi, l'amie de Jessica.

Jessica sourit en mangeant son yogourt. C'est toujours rigolo quand les filles s'appellent les *Sœurs Secrètes* entre elles.

Mélina, Mathilde et Jessica regardent Heidi, attendant qu'elle poursuive.

– Ma mère dit qu'elle va nous emmener au cinéma vendredi après-midi ! Et devinez quel film nous irons voir ?

J'ai hâte de voir le film!

— *Fous d'Amanda Albright!* répondent les filles en chœur.

Jessica sourit. Elle souhaite *vraiment* voir le film. Il semble excellent d'après les annonces publicitaires qui sont diffusées à la télévision. Amanda Albright est l'une des actrices préférées de Jessica. Elle a sa propre émission de télévision, et elle est très drôle et *cool*. Jessica trépigne d'impatience d'aller voir le film avec les *Sœurs Secrètes*.

— J'ai hâte, dit Mélina, comme si elle avait lu dans les pensées de Jessica.

— Je suis heureuse d'avoir quelque chose d'excitant de prévu le week-end prochain, dit Mathilde, car le dernier a été plutôt ennuyant. On m'a traînée de force au tournoi de hockey de Julien et j'ai visionné des DVD. Et vous, qu'avez-vous fait?

— Je suis allée chez mon cousin à la campagne. Nous avons fait de l'équitation, répond Heidi.

— Nous avons gardé le bébé de nos voisins à la maison samedi, car sa mère devait travailler, ajoute Mélina en roulant les yeux.

— Et toi, Jessica? demande Mathilde. Ton père participait à une course de vélo ou quelque chose comme ça, non? Comment c'était? As-tu été obligée de rester là, à ne rien faire, en attendant qu'il finisse?

Jessica se mord la lèvre. Elle aurait souhaité ne pas s'être plainte à Mathilde la semaine précédente du fait qu'elle devait se lever tôt pour la course. Car maintenant, elle n'a pas vraiment envie d'en parler.

Amélie est ma nouvelle amie, pense-t-elle. Et c'est une sensation particulière d'avoir une amie que personne d'autre ne connait.

Elle sourit en pensant à l'horrible mélange de boisson et de gelée énergisantes d'Amélie...

— En fait, ce n'était pas aussi pire que je me l'étais imaginé, dit-elle enfin.

Jessica adore les mercredis après-midi. Sa mère est toujours au travail et Alexis, à sa pratique de soccer. Jessica est donc seule avec son père. Ils vont parfois boire un lait frappé au café du coin. D'autres fois, ils cuisinent un plat ensemble à la maison.

Aujourd'hui, en rentrant de l'école, elle remarque que les banquettes arrière de la voiture sont baissées, et que le vélo de son père se trouve à l'intérieur.

— Eh, poussin, dit le père de Jessica en se tenant dans l'embrasure de la porte d'entrée. Les freins de mon vélo sont défectueux. J'ai pensé que nous pourrions aller chez Amélie, puisque son père possède les outils pour les réparer. Veux-tu venir ?

Jessica hoche vivement la tête. Ce serait formidable de revoir Amélie.

— D'accord papa, répond-elle, attends-moi une minute, je vais aller me changer.

Jessica entre dans sa chambre. Elle prend sa nouvelle robe sur le cintre dans la garde-robe. Le tissu est doux et rouge, et un volant orne le bas. Elle retire sa jupe et son chandail bleu, enfile un chandail blanc à manches longues et des *leggings* bleus. Elle passe sa robe au-dessus de sa

J'ai hâte de revoir Amélie.

tête, puis elle met ses bottes de cow-boy par-dessus ses *leggings*. Enfin, elle complète son ensemble avec une ceinture blanche.

— Je suis prête, papa ! crie-t-elle.

— Je me demandais si j'allais te revoir, dit Amélie en l'accueillant sur le perron.

Amélie porte encore son uniforme scolaire.

Elle semble examiner Jessica de la tête aux pieds.

Jessica se sent un peu mal à l'aise. On dirait qu'Amélie analyse la façon dont elle est vêtue.

— Je me demandais la même chose ! admet Jessica.

Puis elle baisse la voix.

— Mais si ton père est doué pour réparer des choses, je te verrais souvent, car mon père n'est pas très habile de ses mains. Il est plutôt doué pour casser les choses.

— Bien, s'esclaffe Amélie. J'espère qu'il brisera beaucoup de choses.

— Hé, je m'apprêtais à faire du macaroni au fromage et à la sauce tomate, dit Amélie. C'est le paradis des mélanges ! Je l'ai nommé le *Mac-Fromage-Tom-Mel*.

Beurk, ça semble dégoûtant, pense Jessica, mais elle ne veut pas blesser Amélie.

— Ça m'a l'air délicieux, dit Jessica.

— Hmm, c'est très bon, dit Jessica même si elle n'en pense pas un mot. Merci pour

le délicieux repas, mais je suis *totalement* rassasiée.

Ce mélange macaroni-fromage-sauce tomate ressemble davantage à une expérience qu'à une collation d'après-midi. *J'aurais préféré quelque chose de plus goûteux, comme du maïs soufflé*, pense Jessica en repoussant son assiette.

— Alors, que veux-tu faire maintenant ? demande Amélie en ramassant l'assiette de Jessica pour ensuite la déposer dans l'évier.

Jessica regarde par la fenêtre et aperçoit un trampoline.

— Veux-tu jouer à mon jeu de trampoline préféré ? propose Jessica. Ça s'appelle les *Guerriers-Catcheurs*. Tu dois te choisir un nom spécial qui te fait sentir très forte. Puis tu dois décrire ce que tu fais comme si tu

Amélie est plutôt bonne à la lutte.

passais à la télévision ou quelque chose comme ça.

Elle baisse la voix.

— Tu as le droit d'attaquer, pourvu que tu ne blesses personne.

— D'accord, je vais m'appeler *La grande Amélie* ! dit Amélie.

— Et aujourd'hui, je crois que je serais *Jessica la brave*, rigole Jessica.

Amélie est plutôt bonne pour une débutante. Mais Jessica a appris plusieurs prises au cours de ses parties de lutte avec Alexis.

C'est vraiment amusant, pense Jessica.

Puis soudain, le générique d'ouverture de l'émission d'Amanda Albright parvient à leurs oreilles.

— D'accord, *La grande Amélie* dit qu'il est temps de rentrer à l'intérieur, dit Amélie se servant de sa main pour former un microphone imaginaire. Veux-tu regarder Amanda Albright ?

Jessica est un peu triste de ne pas pouvoir terminer leur partie, mais comme elle adore Amanda Albright, elle fait semblant de parler dans un microphone et dit :

— *Jessica la brave* accepte. Elle est dingue de cette émission.

— C'est vrai ? demande Amélie de sa véritable voix en sautant du trampoline.

Jessica la suit à l'intérieur.

Les deux filles s'installent dans le sofa pour regarder la télévision. L'épisode est très drôle et comporte de bonnes chan-

sons. Le rire retentissant d'Amélie fait rire Jessica encore plus fort qu'à l'habitude. Elle est triste lorsque l'épisode se termine.

— Hé, nous devrions aller voir le film ensemble ! dit soudainement Amélie. Je vais demander à ma mère si elle accepterait de nous y emmener cette fin de semaine. Ce serait —

— Ah... hum... en fait, je l'ai déjà vu, dit Jessica.

Le mensonge est sorti de sa bouche avant qu'elle ait le temps de réfléchir à ce qu'elle allait dire.

— Oh. L'as-tu aimé ? demande Amélie. Elle semble un peu déçue.

— Ouais, c'est très bon, ment Jessica, en espérant avoir l'air convaincante.

À présent, les pensées se bousculent dans la tête de Jessica. *Ce n'est pas très gentil de dire un mensonge. Mais j'ai promis aux Sœurs Secrètes d'aller le voir avec elles. Je pourrais demander à Amélie de nous y accompagner, mais je veux qu'Amélie soit mon amie spéciale et je ne souhaite pas la partager avec mes camarades de classe.*

— Allez mon poussin, c'est l'heure de rentrer à la maison, dit le père de Jessica.

Jessica est heureuse qu'il soit intervenu.

— Alors, accepterais-tu qu'on se voit un autre jour ? demande-t-elle à Amélie.

— En fait, j'ai invité la famille d'Amélie à un barbecue samedi, dit vivement le père de Jessica. Alors tu vas revoir Amélie.

— Cool, lance Amélie.

— On se voit samedi, dit Jessica, heureuse de partir et de ne plus avoir à parler du film.

C'est samedi matin, et le père de Jessica revient tout juste du supermarché. Sa mère défait les provisions.

— Jessica, peux-tu venir m'aider à déballer l'épicerie ? crie sa mère de la cuisine.

— Une petite minute, maman, répond Jessica.

Elle entre dans la cuisine en pyjama et pousse un gémissement.

— Maman, il y a un million de sacs ! proteste-t-elle.

— Eh bien, rétorque sa mère en rangeant la salade dans le réfrigérateur. Nous devons être certains d'avoir suffisamment de nourriture pour le barbecue. Les Poliquin sont cinq, et leurs garçons ont probablement autant d'appétit qu'Alexis.

Jessica sourit en repensant aux frères jumeaux d'Amélie, Édouard et Benjamin. Amélie les surnomme respectivement l'*Échalote* et la *Courge*, parce qu'Édouard est grand et que Benjamin est petit.

Tandis qu'elle range les provisions, Jessica commence à être enthousiaste. Jusqu'à maintenant, le week-end était plutôt décevant.

Heidi a attrapé un mauvais rhume, les *Sœurs Secrètes* n'ont donc pas pu aller voir le film d'Amanda Albright, finalement. À la

place, Jessica a passé une soirée *pyjama et pizza* avec sa famille. Mais maintenant, Jessica commence à en avoir assez des câlins, du pyjama et des dessins animés du samedi matin. Elle est heureuse de revoir Amélie. Elles pourraient jouer aux *Guerriers-Catcheurs* à nouveau.

Jessica pense à quelques règles qu'elle pourrait ajouter au jeu lorsque le téléphone sonne.

— Salut, c'est Amélie, retentit la voix d'Amélie.

— Salut *La grande Amélie*, lance la voix de Jessica.

Amélie ricane dans le récepteur.

— Ma mère veut savoir si nous devons apporter quelque chose pour le barbecue, demande-t-elle.

— Maman, crie Jessica en plaçant le combiné sur son épaule. La mère d'Amélie veut savoir si tu souhaites qu'ils apportent quelque chose.

— Juste leurs belles personnes, dit la mère de Jessica.

Ça fait du bien d'entendre la voix d'Amélie.

— Juste vos personnes, dit Jessica dans le combiné.

— Tu veux dire nos *belles* personnes, dit Amélie.

Jessica est sur le point de rire quand Amélie reprend la parole.

— Oh, et devine quoi ? Je suis allée voir *Fous d'Amanda Albright* hier soir avec maman. C'était génial. J'ai hâte d'en discuter avec toi !

Jessica sent une bouffée de chaleur lui traverser le corps, des orteils jusqu'à la tête.

— Cool, dit-elle.

Mais elle ne se sent pas cool. En fait, c'est tout le contraire. Elle a l'impression que son petit mensonge pourrait lui causer beaucoup d'ennuis !

Jessica s'installe devant l'ordinateur. Elle écrit *Fous d'Amanda Albright* dans Google et attend.

Une liste de sites Internet apparaît. Jessica clique sur le lien qui l'amène à la bande-annonce du film, mais ce dernier ne contient que de courts extraits du film.

Jessica se concentre fort tandis que se succèdent les scènes. C'est comme si elle étudiait pour un examen, mais en dix fois pire. Son cœur fait un bond lorsqu'elle aperçoit Amanda trébucher sur la scène pendant qu'elle chante.

Jessica a l'impression de tomber en même temps qu'elle.

Comment savoir de quels extraits Amélie voudra parler avec moi ? s'inquiète-t-elle.

Devrais-je simplement dire la vérité à Amélie ? se demande-t-elle. *Mais je ne peux pas... parce que je devrais alors lui avouer que je souhaitais la garder pour moi toute seule. Et c'est plutôt embarrassant.*

— Jessica, habille-toi, ordonne sa mère.

Jessica éteint l'ordinateur. Puis elle croise les doigts.

Il ne faut pas qu'Amélie sache que je lui ai menti, pense Jessica. *C'est mon amie et je veux la garder !*

Jusqu'à présent, le barbecue se déroule bien. Jessica et Amélie ont beaucoup de

choses à se dire, et elles n'ont pas discuté du film du tout. Enfin, pas encore.

— C'était super, dit Amélie en mangeant son hamburger, quand Amanda Albright était sur la scène et —

— Et qu'elle a trébuché ? poursuit Jessica, espérant qu'Amélie parle de la scène qu'elle a vue en ligne.

— Oui ! dit Amélie. Et l'extrait où —

— Amanda Albright est nulle ! les taquine Alexis en se servant une autre saucisse.

— Ouais, Elle fait comme ça...

Le grand frère d'Amélie, Édouard, enroule une main autour de ses cheveux pour former une queue de cheval et se sert de son autre main pour chanter.

— Je suis trop superficielle et je ne sais pas chanter !

Nos frères sont tellement idiots.

Amélie roule des yeux, mais à l'intérieur d'elle-même, Jessica est contente que les garçons fassent les idiots. Au moins, elle n'aura plus à parler du film.

Bientôt, Alexis et Benjamin se joignent à Édouard.

— Nous sommes trop superficiels et nous ne savons pas chanter, yeah, yeah, yeah, chantent-ils comme s'ils étaient les pires chanteurs du monde.

— Ils sont tellement énervants, dit Jessica à Amélie en tournant le dos aux garçons. Ils méritent de recevoir une bonne raclée aux *Guerriers-Catcheurs*. Qu'en penses-tu ?

— Tout à fait, répond Amélie.

— Je croyais que tu n'aimais pas jouer à ce jeu, dit Édouard à Amélie.

— Non, c'est vraiment amusant, ment Amélie. Mais Jessica n'a pas l'air convaincue du tout.

Amélie a peut-être fait semblant d'aimer ce jeu la dernière fois que nous avons joué ? se demande Jessica.

Jessica chasse cette idée de son esprit.

— Dans ce cas, allons-y, dit-elle à Amélie. Viens avec moi pendant que je me change.

Jessica enfile son short gris par-dessus ses *leggings* roses lorsqu'il lui vient une idée de génie.

— Nous pourrions nous appeler *Le Duo terrifiant* pour la partie de *Guerriers-Catcheurs*, propose Jessica.

— C'est une super bonne idée, répond Amélie.

Amélie et Jessica forment une équipe du tonnerre. Elles se chuchotent leur plan l'une à l'autre et travaillent en équipe. Quant aux garçons, ils font les idiots et se chamaillent entre eux plutôt que de s'en prendre à Amélie et Jessica !

— C'était vraiment amusant, dit Jessica un plus tard, lorsque tout le monde se dit au revoir devant la porte d'entrée.

— C'était drôle quand tu as attrapé Alexis par derrière les genoux, et qu'il s'est *replié* sur lui-même, dit Amélie en souriant.

Les parents d'Amélie éternisent les salutations aux parents de Jessica, mais cela ne dérange pas Jessica.

Tout à coup, Jessica sent la main de sa mère sur sa tête.

— Ça fait plaisir de voir que vous vous entendez si bien, dit-elle d'une voix suffisamment forte pour que tout le monde l'entende.

Jessica regarde Amélie hocher la tête énergiquement. Puis sa mère frappe dans ses mains, comme elle le fait toujours quand elle a une bonne idée.

— Jessica, comme tu n'as pas pu voir ce film avec tes camarades de classe, commence sa mère, que dirais-tu que je vous y emmène, ton amie et toi ? Comment s'intitule-t-il déjà ? Amanda Albright ?

Le cœur de Jessica ne semble plus se souvenir qu'il doit distribuer du sang dans son corps et dans son cerveau. Les garçons

bavardent bruyamment, mais Jessica n'a aucune idée de leur sujet de conversation.

Le visage d'Amélie est blanc et ses yeux se replissent de larmes. La façon dont elle regarde Jessica la fait se sentir coupable.

Jessica mordille sa lèvre. Elle ne pourra jamais expliquer ce mensonge.

Après que la famille d'Amélie soit partie, Alexis s'affale dans le sofa tandis que Jessica fait les cent pas dans la pièce et repense à Amélie.

— On regarde mon émission de télévision, pas une de tes émissions débiles, dit Alexis en s'emparant de la télécommande sur la table basse.

— D'accord, répond Jessica.

— Ça veut dire que ce n'est pas toi qui choisis...

— Ça m'est égal, rétorque Jessica.

Alexis la regarde en plissant les yeux.

— Es-tu malade ou quoi ? demande-t-il.

— Que se passe-t-il ? Est-ce que tout va bien ? demande la mère de Jessica en entrant dans le salon. Amélie était un peu pâle lorsqu'elle est partie. Est-ce que tout va bien entre vous deux ?

Jessica soupire.

— Ouais, tout va bien. Nous étions juste fatiguées de notre partie de lutte, ment-elle.

C'est de ma faute si Amélie était pâle, pense Jessica.

— Regarde, j'ai la télécommande, poursuit Alexis. Et en plus, tu te retrouves avec la chaise défectueuse.

Alexis est une véritable peste. Comment se préoccuper d'une émission de télévision ou d'un

sofa confortable quand il y a un énorme nœud dans son ventre, pense Jessica.

— Oui Alexis, dit-elle. Tu as la télécommande et le sofa confortable. Maintenant, tais-toi !

Après le souper, ce soir-là, Jessica se sent toujours fatiguée et triste. *Je devrais aller me coucher*, pense-t-elle. Elle se glisse sous la douillette et ferme les yeux. Elle essaie de faire le vide dans sa tête afin de s'endormir.

Elle tente d'abord de se concentrer sur sa respiration. *Inspire, expire. Inspire, expire.* Comme son père le lui a montré quand elle est préoccupée et qu'elle ne parvient pas à s'endormir. Mais ça ne fonctionne pas. Les pensées reviennent sans cesse.

Amélie croit que je suis une menteuse. Et je lui ai effectivement menti. Mais je lui ai uniquement menti parce que je souhaitais qu'elle soit mon amie spéciale, juste à moi.

— Bonne nuit, ma belle. Fais de beaux rêves, lance la mère de Jessica, en entrant dans sa chambre et en l'embrassant sur le front.

— Maman, que ferais-tu si tu avais menti à quelqu'un ? demande-t-elle.

— Bien, je devrais d'abord m'excuser à la personne et, ensuite, en discuter avec elle, propose sa mère. Est-ce qu'il y a quelque chose dont tu voudrais me parler ?

— Non, ça va, répond Jessica.

Elle se sent beaucoup mieux maintenant qu'elle sait qu'elle n'a qu'à demander pardon à son amie.

Demain, je vais téléphoner à Amélie et lui demander pardon. Puis tout redeviendra comme avant, pense-t-elle en s'assoupissant.

Le lendemain, Jessica est heureuse à l'idée de se réconcilier avec Amélie. Après le dîner, elle cherche le numéro d'Amélie dans le petit carnet à côté du téléphone, et le compose.

— Bonjour, vous avez bien rejoint la boîte vocale des Poliquin, dit la voix d'Amélie sur le répondeur. Nous sommes probablement en train d'escalader une montagne, ou de faire une descente de rivière en kayak, ou quelque chose comme ça. Alors laissez-nous un message et nous vous rappellerons !

Jessica sourit. Amélie est tellement cool. *Elle est drôle, aussi* ! pense Jessica en reposant le combiné sans laisser de message.

Papa a dit qu'il irait chercher son vélo chez Amélie demain, pense-t-elle. *J'irai avec lui et je m'excuserai en personne.*

Chapitre sept

Le lendemain, après l'école, Jessica se précipite dans sa chambre. Elle troque son uniforme pour un jean noir élastique et un t-shirt rouge et blanc au cas où elles voudraient jouer aux *Guerriers-Catcheurs*.

Lorsque son père arrive dans l'allée d'Amélie, Jessica prend une grande respiration. En marchant vers la porte d'entrée, Jessica prépare ce qu'elle va dire à Amélie. «Je suis désolée» sont trois mots

difficiles à dire. Mais Jessica souhaite en finir avec cela le plus rapidement possible.

La porte s'ouvre avant même qu'elle et son père aient le temps de frapper.

— Salut les amis. Je crois que Lili est dans sa chambre, l'informe son père.

Jessica longe le couloir, puis pousse la porte d'Amélie. Elle jette un regard dans la chambre. Les quatre murs sont tapissés d'affiches d'athlètes professionnels. Il y a des affiches de joueurs de soccer, de football et de hockey.

Amélie se tient devant sa coiffeuse et se regarde dans le miroir. Quatre trophées sont alignés sur la coiffeuse. Et au-dessus d'eux est suspendue une médaille.

Tout à coup, Amélie aperçoit le reflet de Jessica dans le miroir et sursaute. Elle se retourne rapidement.

— Salut Jessica, dit Amélie.

Jessica la regarde. Pendant un instant, elle n'arrive pas à croire ce qu'elle voit.

Amélie porte *sa* robe écossaise. Il s'agit de la même robe que Jessica a portée la première fois qu'elle est venue chez Amélie. C'est le même motif écossais rouge et les mêmes volants au bas. Et *sa* ceinture blanche est attachée autour de sa taille.

Soudain, tous les mots de pardon auxquels avait pensé Jessica disparaissent de sa tête

C'est incroyable ! On ne copie pas les gens comme ça ! pense-t-elle avec colère. *C'est du*

Amélie porte
la même robe
que moi!

vol, sauf que dans ce cas-ci, il s'agit de voler l'idée d'une autre personne.

— Est-ce que c'est ma robe ? lance Jessica. Et est-ce que tu portes la même ceinture blanche que moi ? La ceinture ne faisait même pas partie de la robe. Est-ce que tu m'as copiée, Amélie ?

Jessica aperçoit le visage d'Amélie devenir aussi rouge que sa robe.

— Ah... non, dit Amélie d'une voix beaucoup plus douce qu'à l'habitude. Je possède ces vêtements depuis longtemps.

Jessica se mord la lèvre et regarde dans la chambre d'Amélie. Elle sait qu'Amélie ment. Il y a un sac juste à côté du petit fauteuil jaune d'Amélie. Le sac de la boutique préférée de Jessica, celle où sa mère et elle ont acheté la robe écossaise !

Puis Jessica aperçoit la médaille suspendue au miroir de la coiffeuse d'Amélie. Il s'agit de la médaille du *Petit Tour de Vélo* dont Amélie lui avait parlée. Et la longueur du trajet est imprimée dessus.

C'est seulement la moitié de ce qui est inscrit sur la médaille de papa, constate Jessica. *Amélie ne m'a jamais dit ça !*

Jessica croise les bras et regarde Amélie à nouveau.

Elle m'a menti à propos de la course de vélo, et maintenant, elle me ment pour la robe. Amélie est juste une copieuse, pense-t-elle. *C'est une véritable menteuse !*

Chapitre huit

Jessica classe sa pile de magazines sur la table dans sa petite cabane pendant que Heidi verse de la limonade et que Mathilde et Mélina vident un bol de croustilles.

C'est jeudi après-midi, et Jessica est heureuse de passer du temps avec ses amies de l'école. Elle espère cesser de penser à ce qui est survenu entre Amélie et elle. Chaque fois qu'elle repense à Amélie, à sa robe et à sa ceinture, ainsi qu'au fait qu'elle lui ait menti à ce sujet, Jessica devient rouge de colère.

Amélie a probablement copié mon ensemble pour me contrarier, pense-t-elle. *Ou bien, elle voulait peut-être se venger de moi pour avoir menti à propos d'un stupide film. Si c'est le cas, ce n'est vraiment pas gentil !*

Jessica s'assoit sur une chaise en plastique tandis que Mathilde s'installe dans le *pouf* poire. Heidi prend un magazine et s'assoit sur des coussins à côté de Mélina.

— OK, est-ce qu'on lit le *courrier de Caro* ? demande Heidi avant de prendre une gorgée de limonade.

— Oui ! crient les autres en chœur.

Les filles adorent *le courrier de Caro*. Une personne écrit un problème, puis Caro lui répond. C'est vraiment génial, puisqu'il s'agit toujours de problèmes de la vie de tous les jours. Jessica et ses amies s'amusent

à les lire et à donner leurs propres réponses avant de lire celles de Caro.

Mélina lit le premier problème. Il provient d'une fille qui se demande si elle plaît à un garçon. C'est rigolo d'entendre les réponses de tout le monde. Heidi propose d'aller le voir et de lui dire ce qu'elle ressent pour lui. Mathilde dit qu'elle devrait demander à une de ses amies de lui transmettre un petit mot. Et Mélina croit qu'elle est folle de s'intéresser à un garçon !

Heidi prend le magazine des mains de Mélina et commence à lire le problème suivant.

Le courrier de Caro

Chère Caro,

J'ai une amie qui copie toujours sur moi. J'ai une nouvelle coupe de cheveux avec une frange, et tout le monde me dit que ça me va bien. Alors, mon amie est allée se faire faire la même coupe de cheveux ! En plus, elle s'est acheté des barrettes avec des petits oiseaux comme les miennes ! C'est très fâchant, mais je ne sais pas quoi faire. À l'aide !

Signé,

Fille fâchée.

Jessica inspire profondément. Il s'agit de la même situation qu'elle vit avec Amélie. Le simple fait d'y penser rend Jessica furieuse à nouveau.

— Eh bien, dit Heidi en posant le magazine. Si j'étais *Fille fâchée*, je dirais à mon amie que ce n'est vraiment pas cool de copier les autres. Et je lui demanderais de ne plus le refaire.

— C'est vrai ? poursuit Mélina. Je crois plutôt que *Fille fâchée* devrait comprendre que si son amie l'imite, c'est probablement parce qu'elle aime son style. Ce qui est flatteur, si on y pense bien.

— Ça dépend aussi. Est-ce qu'elle le fait tous les jours ? ajoute Mathilde. Essaie-t-elle de prendre la place de *Fille fâchée*, ou est-ce une façon de lui montrer qu'elle aime sa coupe de c eveux ?

Ça ressemble
à ce qu'Amélie
a fait.

— De toute façon, ça ne me dérangerait pas, poursuit Mélina. Si c'est réellement son amie, elle ne devrait pas se fâcher pour une simple coupe de cheveux. Qu'en penses-tu, Jessica ?

Jessica hausse les épaules. Elle se met soudainement à douter. *Les filles ont raison*, pense-t-elle.

— Bien, voici la réponse de Caro, lance Heidi.

Chère Fille fâchée,

L'imitation est la plus sincère des flatteries. Ton amie manque peut-être de confiance en elle, et le fait de copier ton style l'aide à mieux se sentir. Pourquoi ne pas l'aider ? Donne-lui quelques conseils afin qu'elle trouve son propre style.

Amélie ne manque pas de confiance en elle, proteste Jessica de la tête. *C'est l'une des personnes les plus confiantes que je connaisse.*

Bientôt, les filles discutent de toutes sortes de choses qui n'ont plus rien à voir avec le problème de l'imitation.

– Cool, dit Mathilde. En tout cas, j'aimerais organiser une fête canine pour Maya.

– Comme c'est mignon. Est-ce que Ralph peut venir ? demande Heidi.

Les autres filles font comme si la réponse de Caro avait tout réglé.

Mais Jessica est plus perplexe que jamais.

Samedi matin, Jessica regarde son père et Alexis déposer les vélos et les casques dans la remorque.

— Papa, suis-je obligée d'y aller? demande-t-elle. En fait, j'ai beaucoup de devoirs à faire.

— Ça va être plaisant de faire une randonnée à vélo tous ensemble, répond son père. Et tu auras amplement le temps de faire tes devoirs après.

Jessica marque une longue pause et lève les yeux vers le ciel gris tandis que son père continue de charger les vélos.

– On dirait qu'il va pleuvoir, déclare Jessica.

– Allez ma chérie. Ne te cherche pas d'excuses. Ce sera amusant, rétorque son père.

Je ne suis pas certaine de vouloir faire une randonnée à vélo avec Amélie, pense Jessica. *Ce sera un peu bizarre après ce qui s'est passé.* Puis une autre idée vient à l'esprit de Jessica. *J'aimerais pouvoir reculer le temps. Ainsi, Amélie et moi pourrions recommencer depuis le début, avant les mensonges à propos du film et des vêtements qu'Amélie a copiés.*

— Tu es prête, Jess ? demande son père du siège du conducteur.

Est-ce que je veux revoir Amélie ? se demande Jessica en ouvrant la portière de la voiture. *Est-ce que je lui fais confiance ? Me fait-elle confiance ? Je crois que j'ai aussi mes torts dans cette histoire.*

— Salut Jessica, lance Amélie.

— Salut, répond Jessica en attachant son casque sous son menton.

C'est insupportable de voir Alexis, Benjamin et Édouard s'amuser, rire et sauter sur leurs vélos. Jessica se sent encore plus bizarre par rapport à la façon dont Amélie et elle font preuve de politesse l'une envers l'autre. *C'est comme si nous étions devenues de parfaites étrangères après tout ce qui s'est passé*, pense-t-elle.

C'est bizarre de revoir Amélie.

Les garçons s'élancent ensemble, Jessica roule à côté d'Amélie et leurs pères suivent derrière. Ils ne sont pas très loin devant lorsqu'Édouard tourne la tête.

— Hé ! crie-t-il, voulez-vous que nous ralentissions afin que vous puissiez nous suivre ? dit-il sur un ton prétentieux. Que

diriez-vous que nous roulions sans toucher au guidon pour vous laisser une chance ?

Édouard lève ses mains dans les airs. Son vélo oscille et frappe contre le trottoir dès qu'il lâche le guidon.

Jessica regarde Amélie sans réfléchir et rit. Amélie rit aussi.

— Hé, lance Amélie à Jessica, veux-tu essayer de les rattraper ? Si nous pédalons au même rythme qu'eux, nous les rejoindrons. Puis nous pourrons nous faufiler et —

Le visage de Jessica se crispe.

On ne dirait pas qu'Amélie va s'excuser, pense Jessica, agacée. *Elle agit comme si rien ne s'était passé ! Je ne devrais peut-être pas m'excuser non plus, dans ce cas ?*

—Je ne veux pas faire ça, dit-elle sans réfléchir. Je n'ai pas besoin de copier les autres. Je fais à ma façon.

Jessica se sent aussitôt mal d'avoir lancé ces paroles. C'est encore pire, surtout lorsqu'Amélie prend de la vitesse et dépasse les garçons, abandonnant Jessica derrière.

Je ne voulais pas le dire de cette façon, pense Jessica, *mais je ne peux pas faire semblant que tout va bien.*

La pluie vient tout à coup interrompre ses pensées.

Nous n'avons pu retourner dans le temps pour arranger les choses, pense Jessica. *La situation s'empire. Elle ne s'améliore pas.*

Après la randonnée à vélo, Jessica et Amélie s'installent dans le salon d'Amélie. Leurs mères discutent ensemble. Jessica refuse de regarder Amélie. Tout va de travers et elle ignore ce qu'elle doit faire pour rétablir la situation.

— Les filles, sortez du salon s'il vous plaît, ordonne la mère d'Amélie. Allez jouer dans la chambre. Nathalie et moi devons nous parler. En privé.

— Mais c'est plate, dit Amélie. Les garçons jouent à la *Playstation* et il pleut et —

— Bien, pourquoi ne joueriez-vous pas à un jeu de société ? propose sa mère.

Jessica aperçoit Amélie rouler des yeux.

— Allez vous mettre des vêtements secs, poursuit sa mère. Peux-tu prêter quelque chose à Jessica ?

L'estomac de Jessica se retourne à la simple pensée de devoir emprunter des vêtements à Amélie. Elle ne souhaite pas qu'Amélie se rappelle de leur dispute.

Jessica suit Amélie hors de la pièce. Puis elles s'arrêtent derrière la porte du salon pour écouter la conversation de leurs mères.

— Oh, Jessica entend sa mère s'esclaffer, nous pourrions peut-être même aller jouer une partie de golf ensemble.

— Et souviens-toi, j'ai un bon livre à te prêter. Je l'ai presque terminé... Alors, je vais téléphoner pour voir si ça fonctionne. Ce serait mieux de ne rien dire aux enfants —

De quoi parlent-elles? se demande Jessica. Elle remarque qu'Amélie affiche également un air curieux.

Soudain, la mère d'Amélie passe la tête par la porte et aperçoit les filles.

— Hé, vous deux! Que faites-vous là? Cessez d'écouter aux portes.

— De quoi parliez-vous? demande Amélie.

— C'est un secret. Une surprise, répond la mère d'Amélie. Nous vous en parlerons dans une minute. Ouste! Allez d'abord vous sécher, dit-elle.

Jessica attend dans la chambre d'Amélie pendant que cette dernière ouvre son placard et pointe quelques jeux de société du doigt en silence.

C'est insupportable, pense Jessica. *Mon amie me manque, même si elle est là devant moi. J'ai l'impression que nous sommes allées trop loin. Nous devons discuter*, réfléchit Jessica. *Et nous devons nous excuser toutes les deux.*

— Je n'ai pas envie de jouer à un jeu de société, dit Jessica.

— Moi non plus, admet Amélie. Veux-tu que je te prête des vêtements ?

Jessica secoue la tête. Même si elle s'est fait prendre par la pluie, elle n'est pas très trempée.

— Non. Je suis presque sèche, répond-elle.

Amélie
a l'air vraiment
fâchée.

Puis elle se dirige vers le petit fauteuil jaune et s'assoit. Elle aperçoit devant elle le sac de sa boutique préférée.

Jessica le prend tandis qu'Amélie s'assoit sur son lit. Elle inspire profondément.

— Nous devons discuter à propos de cela, disent Amélie et Jessica en chœur.

RETOURNER
POUR LIRE LA VERSION D'AMÉLIE

RETOURNER
POUR LIRE LA VERSION DE JESSICA